꽃의 타지마할

황금알 시인선 97

꽃의 타지마할

초판발행일 | 2014년 12월 24일

지은이 | 김명희
펴낸곳 | 도서출판 황금알
펴낸이 | 金永馥
선정위원 | 마종기 · 유안진 · 이수익 · 문인수 · 김영승
주 간 | 김영탁
편집실장 | 조경숙
표지디자인 | 칼라박스
주 소 | 110-510 서울시 종로구 동숭동 201-14 청기와빌라2차 104호
물류센타(직송 · 반품) | 100-272 서울시 중구 필동2가 124-6 1F
전 화 | 02)2275-9171
팩 스 | 02)2275-9172
이메일 | tibet21@hanmail.net
홈페이지 | http://goldegg21.com
출판등록 | 2003년 03월 26일(제300-2003-230호)

값은 뒤표지에 있습니다.

ISBN 978-89-97318-90-2-03810

*이 책은 (재)경남문화예술진흥원으로부터 제작비 일부를 지원 받았습니다.

꽃의 타지마할

김명희 시집

황금알

정돈되지 않은 사물들

정돈되지 않은 이름들

뒤섞어 흔들어 놓는 게 나의 놀이다.

한참을 그렇게 놀다가 문득 솟구치는

어머니, 말년에 시력을 잃어 딸의 시 한 줄도

읽지 못하셨다

오늘은 먼 곳까지 들리도록 시를 읽는다

나의 어머니와 이 세상 모든 어머니께

가 닿았으면 좋겠다

차 례

1부

2부

3부

4부

1부

1시간 30분

바싹 마른 비명의 돌기가 솟구쳤다
화장장은 탄식과 울음의 불바다
화부는 단내 나는 화덕 문을 굳게 닫아버렸다
쇳소리 여운 뒤엔 긴 묵음이다
체념의 눈빛들이 전광판 모서리로 달려갔다
아무리 외진 몸이라도
벗어놓고 지나갈 수 없는
1시간 30분, 저 절대의 시간 앞에서
스스로 무릎 꿇고
보지 않고 듣지 않으려 끙끙대는 동안
눈동자 으깨진 버찌의 시간이 지나갔다
한 생이 하얗게 지나갔다
단 한 줄도 받아 적을 수 없는 몸의 언어를 따라
먼지 냄새 가득한 이 불의 시간, 이불처럼 덮고
깜박 졸고 있으면
아무 일 없는 듯 지나가리라 그렇게
잊히리라

오리호수

누가 개집을 호수에 띄워놓았나
오리 오리 왕국이 되었다
이따금 물비린내가 지붕에 걸터앉아 망을 보기도 한다

몇 해 전 이 호수에서 왕따 오리가 사라졌다
털이 다 뜯겨 죽었다 수런거리던
수련 뿌리째 뽑히자
소문은 이내 물살처럼 잔잔해졌다

누군가 개집의 방향을 서쪽으로 돌려놓았다
서향집이 많은 도시의 구조를
오리들이 알고 있다는 것

바람이 삼나무 숲을 돌아 호수로 모여들고
벚꽃 잎이 와르르 쏟아진 뒤
여름이 왔다
무성한 석양의 물갈퀴

어둠이 곧 호수의 입을 틀어막을 것이다

꽃의 타지마할

해발 800고지 캄캄함 너머 더 멀리
그들의 불꽃 같은 삶이 피었다
잠에서도 내려가는 막장
탄가루를 날리며 달리는 레일을 배경으로
검은 웃음 검은 땀 거뭇거뭇 닦으며
목욕탕 고깃간 선술집을 돌아
사내는 두툼한 입술의 여자와 꿈을 꾸었다
불보다 뜨거운 꿈
산과 산 가랑이를 휘적실 때
창가엔 검은 달빛이 출렁거렸다
싸늘한 블랙홀, 다시 불씨가 꿈틀거린다
하얗거나 보라 분홍 빨강
더러는 절명한 꽃잎 앞에서 바람의 이름을 쓰고
개와 고양이를 안은 순례자와 여행객은
꽃의 일이라고 쓴다
삶은 늘 타지 말아야 할 기차를 타는 것
막장 같은 어둠의 끝으로 달려가는 것
꽃의 발바닥 꽃의 심장이 쿵쾅거리는
저 거대한 황홀
폐광에 꽃이 피었다

귀에서 장미가 핀다

장미 따러 가요 엄마, 꽃밥 해드릴게요

마당 너른 집에 이사한 다음 날 채송화 키 큰 접시꽃
모조리 빼내 버렸죠
　사랑스런 풋마늘 유들유들 상추 솎는 엄마를 보면
　낙화암보다 더 절벽인 장미의 길이 보였지요
　깨진 기왓장을 경계로 마당과 남새밭
　여덟 식구가 야금야금 마당을 먹어치웠죠
　한 번도 장미를 심어본 적 없는
　엄마 장미 양산 펼쳐요
　장롱 가득 꽃셔츠네요 꽃주름치마도 있네요

장미가 자꾸만 뛰어내려요
　먹히지 않는 세상을 향해
　줄줄이 몸을 던져요

꽃송이 무거워요 가는 다리로 오래 너무 오래 서 있었
네요
　엄마, 귀에서 장미가 핀다고 체머리 흔들지 마세요
　꽃밥 해드릴게요

꽃댕강 편지

종을 흔들고 있어
꽃처럼 저만치 물러서서 흔들고 있어
나의 치마를 들추고 달아나던 키 작은 네가
동네 예배당 종곽을 돌아
쾌지모도의 한숨이 바짝 마른 책장을 돌아
오늘은 봉림천을 달리고 있어
댕강댕강 꽃이 흔들리는 쪽으로
바람이 귀를 모아
태복산 마지막 물줄기에 발을 담그고 있어
점박이 땡볕 참나리에 입술을 찍고 있어
사랑사랑 숨소리 읽고 있어
지나간 날은 다 꽃시절이었다고
넌 아직도 삐뚤삐뚤 편지를 쓰고 있어
221번 종점, 버스가 몸을 틀며 한바탕 매연을 지르고
있어
여름이 하얗게 따라가고 있어

나무의 맨발

백 년 후에 태어날 건축물이라 했네
초석을 다지는 데만 십수 년째
나뭇잎 갈라진 실핏줄 타고
나무들의 골고다에 얼굴을 파묻고 사는 사람들
스물이 되도록 펑펑한 여자가 있었네
두근두근 가슴을 주춧돌로 박아
율리시스 헤라클레스도 어쩔 수 없는 말씀의 기둥을
세웠네
달빛 수평선 켜켜이 쌓아
늙은 내가 당도할 수 없는 집
바람이 길을 트고 새소리 정(情)을 틀었네
여자는 남자의 신전을 위해 천 년의 허공을 다지고 있
었네
나는 까마중처럼 그렁그렁 눈물을 매달았네
구름 한 장 자갈돌 하나로 태양을 갈고 있는 그 사이
초록 길이 흙내음 피우며 따라왔네
시스티나성당에 들러 베드로의 발등을 만진 게
마지막이라 했네 이제 말씀도 집에 들어야 할 때라고
아직 맨발인 나무로 있네

푸른 물소리
아무도 본 적 없는 나무의 맨발을 감싸고 있네

장복산 벚꽃

오래 버티었다
늙은 여자의 뱃가죽 같은 나뭇결

꽃잎을 달아주마

바람 깊은 골목이 안민고개로 휘어지는
이때가 좋아
술통의 가랑이에서 비칠거리며 사람들이 나와
한꺼번에 쏟아져
빨간 립스틱의 여자
입을 나뭇가지에 걸어 놨어
검은 선글라스 눈알 좀 찾아줘

이름 부르면 활활 꽃잎 먼저 여는
 - 진해

수천수만의 가슴을 가진 소녀들이
껌풍선 불며 구름을 터뜨린다

시야 밖, 허공으로 뻗은 가지
안부가 궁금해

봄

군건한 대지 문이 열리고 이름표를 뗀 꽃들이
한꺼번에 쏟아졌다
몇 년 만인가
달려가 와락 껴안아야 보이는 봄까치 제비꽃 민들레
이 땅 눈 붙은 것들은 다 풀려났다
동상의 발가락을 싸매고 하얗게 껑충거리는 냉이꽃
맨 먼저 특별 대사면을 예보한 매화도 들썩
개나리 울타리 킬힐 신은 바람이 목련 쪽으로 기운다
아직 한 달이나 남은 라일락까지 나오다니
진작부터 기류는 훈훈모드였지만
현호색까지 나올 줄은 정말 몰랐다
진달래 박태기 벚꽃 그늘이 환하다
입꼬리 살짝 들어 올린 햇살 골목
저자가 먼 집집이
오늘 저녁엔 두부 요리가 한창이것다

백 그루 나무마을

백 그루 나무다
난청의 바퀴 자국을 별의 지평선으로 이어주는 숲이다

일 년 중 절반은 얼어붙어 있는 땅
녹색의 미래는 사막 같아 쉬 지쳐버리지만
나무 마을엔 청동의 날개 퍼덕이는 허공이 있다

나는 태양의 목욕탕 같은 차를 타고 8월에 당도했다
길은 더 멀리서 정글 거리고
허공의 그늘은 백 번째 신기루인가
빗방울 두어 발 찍고 간 차창으로
나무 마을은 빗나간 살(矢)처럼 스치기만 할 뿐

혼자서 숲이 될 수 없다는 건 나무의 절벽
그 절벽에 푸른 뿔 부딪치는 소리
가득한 저 바람 호수를
어느 귀 밝은 이가 나무 마을이라 했는가

손금 같은 잎맥의 문양 가로지르는 햇살처럼
8월을 질러가야 한다

매화를 보다

담장에 매화 가지 반쯤 걸터앉은 저 집이
구중궁궐보다 깊숙할라나
섬진강 매화마을 돌아 교동의 옛집에 이르렀을 때
날것들의 요상한 짓을 짐짓 두고만 볼 것인가
사진에 만발한 것은 호랑이털매화였는데
어느새 주둥이 처박고 엉덩이 씰룩이고 있는
　벌　　벌　　　벌　　벌벌벌
곧 우주가 깨어지는 산통이라도 날 듯
나뭇가지 떨고 있다
바람보다 부드러운 날개 어디 있나
코가 벌름벌름 먼저 달려가니
그새 한바탕 퍼질러놓은 여왕벌의 매화를
옆 가지 조아렸던 나인들 만면이 활짝 피어나고
아랫것들 입단속 먼저
소문이 담장을 넘고 있다

봄의 축문
— 간다는 말도 못다 이르고 떠난 그대들이여!

삼월이 가고 삼월이 오고
사월이 가고 사월이 오고
그렇게 쉰세 해가 되었구나
어미의 사립문은 아직 열려 있는데
새로 맞춘 교복과 책가방 그대로 있는데
간다는 말도 못다 이르고 떠난 그대들이여!
어미는 돌아오지 않는 아들을 찾아
산철쭉 골짜기를 맨발로 헤매었다
이승 아니면 저승인데 그 길이 아득히 멀기만 하구나
간밤에도 별의 수평선까지 꺼이꺼이 목 울음을 놓았다
고봉밥 한 그릇 채워주지 못해
꾹꾹 눌러 담은 설움
꽃 이울자 새잎 돋듯 파랗게 시퍼렇게 밀려오는
삼월과 사월, 그대들 뿌린 그날의 핏방울이
자유의 바람으로 휘몰아쳤다
정의의 불꽃으로 타올라
이 땅 곳곳을 적시는 민주의 거름이 되었다
올해도 어김없이 살구꽃이 피었구나
진달래 복사꽃도 피었구나

참 징하게도 피었더구나
핏빛 낙화, 낙화의 빛을 딛고
우뚝 선 진리의 나무
그대들 못다 이른 말, 못다 이룬 꿈 아름드리 뻗었으니
향불 올리는
눈멀고 귀먹은 어미의 마음을 받아주소서

무늬

천둥벼락 불호령이 천만 번은 다녀갔겠다

스스로 제 상처를 드러내지는 않았을 터

살점을 긁어 소금을 뿌린 터치의 질감

너덜너덜해진 간 쓸개 달빛으로 헹구고 별로 꿰맸나

둥근 테 마디 성근 자국

통각의 눈초리 파고들었겠다

다시 한 번만 꽃 피워봤으면

핏빛 심장을 끌어안고 앙버틴 잇자국

수술실에서만 열어 보인 그녀

나무 둥치 같은 속내

꽃잎박수

수련이 불끈 쥐었던 주먹을 펴고 있다
제 중심을 향해 둥글게 퍼져나가는 꽃잎
수런거린다

캄캄한 바람을 움켜쥔 채
들이닥친 잠을 다 건너서야 물의 초점에 이르는 것

물방울 모자이크 유리창
창창한 연못은 살붙이들이 엉겨있던
또 다른 방
문을 박차고 나온 우리들이 꽃잎처럼 둥둥 떠다니는

물의 도시에서는 굳은 관절도 유연해진다
손목 골절 후 오랫동안 물속에서 주먹을 쥐락펴락하셨
던 어머니
그 아린 손목 두고 가셨나
소리 없는 저 박수

낄낄대다 그렁대는 눈길마다
서늘한 박수로 문전성시를 이루었다

풍경

창고 귀퉁이에 풍경을 달았다
처음 어린 느티나무에 매달았더니
사방으로 덜렁거렸다
비바람이 지나는 길목이라
비닐봉지로 감쌌다
발자국도 없고
멀리 가서 돌아올 것도 없는 소리

내가 가진
두 번째 건물인 이 한 평짜리 창고를 보고
누군가 개집이냐고 묻자
겨~집, 계집
물고기 한 마리 비닐 속에서 파닥거렸다

2부

바코드

바코드를 찍음으로써
커피는 향이 되고
생리대는 생리대가 된다

수많은 발바닥을 단숨에 읽어내는
횡단보도

저 큰 바코드를 읽어내느라 숨찬
발바닥

지구 귀퉁이 엄지의 지문 같은
바코드를 읽기 전에는
우리 모두 진열대의 물건일 뿐이다

한 컷,
뜨거운 가슴으로 읽어야 하는

첫 이름

자두꽃보다 오얏꽃이 좋다
라일락보다 수수꽃다리가 정겹다
도화나 복사꽃, 행화나 살구꽃이나
기억 속 흑백 사진이 좋다
사랑도 첫사랑 무늬가 오래도록 선명하다
영숙이 미영이 말분이 모두 단발머리다
국민학교 입학식 날 손수건에 새긴 이름
사내아이들은 길게 땋은 혜자의 머리채를
잡아당기곤 했지
우리 모두 누군가에게는 첫 이름이다
네 가슴에 파문을 일으켰던 이름이다
이제 낡았으니
피 터지게 피 토하듯 피비린내 피범벅 됐으니
갈아야 하나
개명했다는 문자를 받고도 여전히 입에 들러붙는
옥자와 명숙이가 좋다

종종구름

나는 구름을 피우지
까치발로 매달린 산딸구름 아라베스크시계탑구름
모네의 수련구름 악견산 어깨구름
동영상으로 펼치려면 화질 좋은 하늘이 필요하지
유월, 호수, 들꽃찻집 다시 지운다 건듯
바람에도 자라는 연두 보라는 어디서 오나
초록이 물컹거리는 발목의 언덕은 점점 자라
무엇이 되나
자귀나무 정수리가 흔들린다
고양이 한 마리 흙을 덮고 있다
냄새나지 않게
낌새채지 않게
나는 외로움을 풍성하게 피우지 종종

세초洗草 *

갓 뽑아온 푸성귀를 씻는다
개수대에 부어놓고 보니
여린 잎 부대끼지 않게
설렁설렁 흔들어 씻는 냇물이면 좋겠다
냇물에 푸성귀를 씻어본 적 없는데도
꼭 씻어본 것만 같다
물살 헤집는 지느러미를 만지듯
상추 추~ 추~ 입소리 내가며
푸성귀를 씻는 것은 재배의 노역이 끝난
축제, 염천의 이랑을 건너온 떡잎의 역사
낭창낭창하게 물살을 넘기는 것
나비의 호랑반점 푸른 트랙을 달리고
사관이 접어놓은 애벌 갈피엔
장맛비에 녹아내린 열무
구멍 숭숭한 케일과 양배추
작년엔 복숭아 두 개, 올해는 복숭아 네 개
농사실력은 농사실록이다

＊세초洗草 : 조선시대 역대 왕의 실록을 편찬한 다음 훗날 구설을 막기 위
  해 그 초고를 없애는 일.

말

화폭에 파묻혀 그녀가 낳는 말
흰말 얼룩말 새빨간 거짓말까지

갈기를 휘날리며 뛰노는 말
몸통 꼬리가 다리가 달린다
말머리는 어디 갔나
깜깜하다 말머리가 있어야 할 자리

있잖아 있잖아
단애의 화폭에서 미끄러진다

말의 허기

아득한 곳에서 흘러온 시간의 말머리
은근슬쩍 먹게 되는 거

초원빌라 모퉁이 표구점
그녀의 말이 걸려 있다

옆길

정월 대보름 전에 쑥국을 세 번 먹으면
장사 된다던 할머니 말씀 아른아른한 날이다
방파제에는 낚시꾼 두서넛
그 아래 배들이 배를 열어젖히고 있다
갯벌 가까운 이장네 논에는 거름내기가 한창이고
배밀이 하는 논두렁을 따라가는 초로의 남녀
성긴 머리카락이 들풀처럼 나부낀다
앞서거니 뒤서거니 하다
불탄 검불 속을 헤집는다
투덜투덜 흙바람이 떨어지고
검은 비닐봉지 속이 차오르고 있다
무딘 햇살로 한나절 캐기란
관절에 칼날을 벼리는 일
앞만 보고 간 길이
어느새 옆길이 된 노을 길을
부부는 뒤뚱뒤뚱 가고 있다

아름다운 저녁
— 관계1

금요일, 부마항쟁 기념 연주회
제목이 '아름다운 혁명'이었다
스물하나, 스물둘에 낳은 자식이
서른다섯이 되었다면
태어날 수밖에 없는 어떤 힘에 의해
우리의 몸을 빌렸을 거다
우리에겐 때론 음악보다 이름으로 기억되는
쇼팽, 베토벤, 말러가 있듯
산통이 너무 격렬해서
아름다운 혁명으로 기억하고 싶은 걸까
연주 시작 전부터 기침이 났다
숨죽이고 앉아 덥석 받을 수 없는
쇼팽의 선율, '혁명'
오랜 시간을 태우고 확신에 찬 객석
나는 앉아 있고
다른 나는 슬며시 빠져나와
35년 전 그날처럼 밥을 먹었다
바람이 긴 저녁이었다

가파도
— 관계2

어디 있나 가파도
땅끝에서 묻고 또 물어도
가파도는 멀다
갚아도 다 못 갚는 태양의 염전 지나
저 바다에 심장을 올려놓고
납작 엎드린
넙치 가오리 가자미 도다리
오늘은 지하도 모퉁이에 엎드렸다
눈 가리면 다 가린 거다
신문지로 가린 가파도
찢어진 라면 박스 뱃가죽에 싣고
콘크리트 심해를 건너고 있다
물의 마을 물의 집은 점점 깊어지고
수평선에 누운 가파도
갚아도 다 못 갚는
바닷물처럼 바람이 바닥을 친다

작은 방
— 관계3

아이가 쓰던 방에
일없이 들어가 액자 속 사진을 본다
덩그러니 노을벽에 놓인
바다를 본다
동경도 신바시 한 번도 가본 적 없는 골목
트렁크와 나란히 누우면 꽉 차는 방
하루에도 수십 번 전화기를 만지는 일
아침 출근길 누군가 또 목숨을 내던져
기차가 연착했다는 전갈이 왔다
몸이 작은 아이라 그나마 다행이다 싶더니
봄날 꽃잎처럼 엔화는 무시로 무너져 내리나
바닥이 저 바다만큼 차갑게 끓어
내 마음의 유배지가 된 방에서
서포의 어머니처럼 구운몽을 읽을 것인가
현해탄을 노 저어 갈 것인가
밤늦은 퇴근 지하철 안에서 보내는
긴 문장의 카톡을 읽으며
나는 너를 위해
고작 이 작은 방에서 지내는 것이다

자정
— 관계4

죽기는 죽었나요
한 번도 본 적 없는 할아버지

기름불에 지져내는 육전과 산적의 시간
나는 두통약을 치약처럼 발라먹고
박태기 울타리에 얼굴 디밀고 싶어
벌에라도 쏘이고 싶어

손아귀 힘줄 돋아 기타 줄을 끊어먹는 남자
나무판을 깎아 역마살을 새기느라
몇 날이고 떠돌다
어둠을 기타처럼 껴안고 돌아온
그가 긴 팔을 뻗어
액자에서 할아버지를 끄집어낸다

바람의 발로 찾아올 수 있을까
나는 무심을 진설하고
그는 향을 피운다
휘익, 연기 한 줄금 자정을 긋는다

P

— 관계5

피하고 싶은 거다
통풍의 발을 끌고
꽝꽝나무 에둘러
아왜나무 옆을 지나치면서도
오늘만이라도 피하고 싶은 거다
또 직각으로 굽혀야 할 뒷목을 긁적이며
배드민턴장 모퉁이에서 한번 쉰다
엄지와 검지 사이에서 사그라지는 담뱃불
자신을 태운 긴 날의 연기는 연기일까
아파트 저 차단기를 힘차게 밀고 나가도
누군가는 돌아오지 못할지도 모른다
수직의 힘에 짓눌린 한 삶이
종잇조각이나 자동차 번호판으로 나뒹굴어도
여전히 회전문이 돌아가는
그곳에 불투명한 내일을 남겨두고
시퍼렇게 부어오른 발로 돌아올 것인가
서어나무 에돌아
그가 점점 작아지고 있다

똥
— 관계6

도심의 거리에서 3초 만에 만나는 똥이라고
17세기 유럽의 어느 거리가 아니라도
한 걸음 떼면 소똥 말똥인 몽골의 초원
아직도 가축의 분뇨가 퇴비로 제격이듯
소똥과 말똥이 초원을 먹여 살린다
초원이 그들을 먹여 살린다
오늘 이 거리도 일명 3초 백, 00비똥이 먹여 살린다
똥을 메고 엘리베이터 탄다
똥을 들고 퇴근한다
똥을 들고 극장 간다
똥을 메고 마트 간다
똥을 걸치고 희망버스 탄다
똥이 교회 간다 성당으로 절로 간다 간다

그러나
"00주민은 00에 똥통 설치를 결사반대한다!"

김종복
— 관계7

술술 넘어가지 않더라
목에 콱 걸리는 찌릿찌릿한
이 맛이 사는 맛이라고
일당 오만 원, 전기 톱날 스친 다리
환지통 끌며 찌개를 끓인다
두 아이 키는 쑥쑥 자라고
생활보호대상자 보조금은 비탈길보다 더디다
목메도록 참아보지 않고 열투성이로 끓어보지 않고
말하지 마라
코드를 꽂지 않아도
리모컨을 누르지 않아도
우글부글 울콰불콰 끓고 끓이며
한통속이 되는 거
김치와 독설 그리고 콧물까지
냄비 가득 넘치는 맛이 진짜 맛이지
홀로 찌개를 끓인다는 건
세상이라는 얄팍한 냄비에 홀로 끓는 거다
중얼중얼 거품 물고 상처를 긁는 거다

언덕
— 관계8

대출통장만 한 밭떼기 두둑이 시퍼렇다
그것은 염소의 비빌 언덕이기도 했다
지난봄 은행 말뚝에 목이 끼어 죽은 염소를 본 이후
완두콩 언덕이 비리다는 걸 알았다
모년 모월 모일의 흙을 물고 늘어진 풀의 강점
낫으로 자르고 호미 · 삽으로 파내도
세를 불리는 속도 따라잡을 수 없다
아예 두 다리 뻗고 아랫목을 차지한 무력부대
사내는 기꺼이 안방을 내주고 말았다
컨테이너 설핏 쪽잠에도
흙손으로 물 한 모금 마시고 바지춤을 올릴 때도
세력 확장 큰 손이 푸성귀 숨통을 죄었다
몇 달 만에 만난 아내를 파고들던 힘으로
사내는 담판을 짓고 싶은 거다
복권 한방의 행운은 먼 나라 구름 이야기
비빈다고 다 언덕이 되는 것은 아니다

구름사과
— 관계9

사과 데이 아침
자판기 앞에 빙 둘러서서 커피를 마시며
서로의 상처를 까발리기 시작했다
사과를 쪼개듯 종이컵 든 손이 부르르 떨리기도 했다
손아귀에 힘주어 사과를 따고
쪼개본 사람들만 모였다
칼이 스친 동강 난 사과
크레인 위의 그녀보다
먼저 사과나무의 거름이 된 이도 있다
사과나무 둥치에 부딪히기도 하며
허방 짚어 자리 보전하는 이도 있다
그들은 구름사과 위로 붕붕 떠다니고
우리는 사과구름을 머리에 이고 낑낑거리다
가슴에 타박상을 주렁주렁 매달았다
옷소매에 문질러 베어 먹던 주먹만 한
사과는 없고 구름만 열렸나
미소가 입가에 괴는 사과
끝내 없었다

3부

다음

바로 가고 있어요
낙동강을 배로 가던 그때가 아니죠
온라인이 닦아놓은 길
다음을 따라가요
마음속 지도로 가는 건 연둣빛 늘골을 건너는 일이죠
에둘러 가다니요
곧장 가고 있잖아요
저 모퉁이 아카시아 혹은 밤꽃 허연 웃음
구불구불 한나절 텅 빈 창자 속 같은 길
악양 삼거리 지나 300m 좌회전
쭈-욱 다음이죠
그래요, 우리에게 다음은 있어도 영원은 없을 테니까요
차창에 걸린 솔가지 하늘까지 뻗쳐
절로 에돌아가는 구름바퀴
이제 다음을 수락해야겠지요

새미골에서 일박

11월의 석양에 나부끼는 사기마을 글자가
흘림체의 골목으로 앞장섰다
흙과 댓잎의 서걱거림이 반죽되어 어둑어둑 물레가 돌
아가는
하동요, 방고래의 힘이 좋아 뜨끈뜨끈한 아랫목은
진제포 갯벌처럼 화기를 물고 놓지 않았다
고구마와 조개를 구울까
날 것들은 모두 별빛으로 박히고
묵은 장독 위에 은행잎이 먼저 자리 깔았다
타닥타닥 소살소살 숯의 소리 분청 밥상까지 따라왔다
바람과 흙과 불이 서로 엉겨 붙어
이토록 낮 뜨거운, 이토록 처절한 육탈에
연밭으로 뛰어든 어둠의 혼령들 쩍쩍 갈라진 뒤꿈치에
꽂힌 시간의 살
첫서리가 숨죽인 채 내려앉았다
이제 치마 말을 풀어라, 일천삼백 고지다
아귀도 홀려 제 몸 태우고야 마는 불 무덤
50년 잠을 털어낸 여양리 골짝도 불 무덤
숯이 된 뼈의 신음이 예까지 따라와

뼈 묻지 않은 땅 없지만, 그 흙 태울 무덤은 없어라
이녁의 움츠린 어깨에 기대어
사백 년 사기沙器잠 속에 빠져들리라

산림욕

산림욕장이란 화살표를 따라간다
층층이 모서리를 지우며
대통에라도 들어갈 것 같은 내림 길도 잠깐
다시 올라서는 발걸음 먼저 어둑사리 든다
또 한 마디가 생기겠구나
삶이 송두리째 꼬일 때 서늘한 불길 아래서도
잎은 일렁이며 빽빽하게 담장을 얹었다
마음을 수평에 놓으면
칸칸이 창살인 또 다른 우주
거뭇거뭇한 바람에 갇혀있어
발치의 죽순을 꺾듯
이렇게 꺾을 수 있는 마음이면 얼마나 좋으랴
바위를 뚫고 선걸음에 하늘을 찌를 듯
우거진 초록의 권태 곰곰 씹어본다

소꿉

게르 옆에 쪼그려 앉은
계집아이, 불볕을 막아내기엔 몸피가 작구나
엎어 놓은 버섯 몇 개 풀잎 두 장
우유는 어디에 담지
네 몸에 젖통을 장전하기엔 너무 어려
저 초원을 얼마나 말달려야
우유통만 해지나
물통만 해지나
우유와 버섯을 조금씩 간 보는 사이
넌 처녀가 돼 있을 것이다
출렁출렁 바람줄에 매달린 야크 가죽
비릿하니 찐득한 냄새의 골반을 내림받고
민감한 머리칼을 틀어 올리며 수태차를 끓이겠지
작은 별이 불시착한 고비사막 쪽으로 귀가 열리는지
고개를 갸우뚱하다 마주친 눈빛
너와 나의 한 지붕 살이가 가깝고도 멀다는 걸
버섯과 독버섯만큼 멀다는 걸
태생적으로 알고 있다는 듯
풀잎만 만지작거리고 있구나

태양은 여전히 독사처럼 정글거리는데
새콤달콤한 식탁은 언제 차려지나

돌잠

— 구아리 나한상羅漢像

곰나루에서 낯을 씻고 사립을 들어서는 사람아
집 떠난 지 몇 해 만인가
아버지 오라비도 아닌 그 사내
울컥 불컥 들이켰던 젊음 단단하게 굳었구나
죽비 등에 지고 골골이 넘어가던 속울음 바위에 새기며
잊어라 잊어라 참으로 잊으리라
까맣게 쌓인 말씀 버리고 또 버린 백제 사나이
그 앞에 치마끈을 여미고 선다
홀연 먼 바닥으로 떠난 하룻밤 인연은 아닌데
모퉁이 길 어디선가 마주쳤던
오랜 기억의 강을 거슬러 올라가는
아 어쩌지 못할 벅찬 만행의 얼굴

무장리에서

구릉에는 봄내 쪼개고 덧댄 파도가 넘실댄다
보리개떡 보리튀밥 보리송편
추임새 넣는 보리문둥이까지
청보리 축제엔 좀처럼 노을이 서지 않아
팔이 가느다란 처녀애들의 겨드랑이에서
황톳길이 펄럭이고 긁어 번진 빛살 다독이는
소리, 무장무장 피리 소리 잠기는
무장리에 몸을 풀자
불안을 애드벌룬으로 띄워 올린 푸른 지구
사람들은 자막이 된다
시인을 키웠다는 이 바람 그치면
눈가의 추억도 누름누름 이랑 지겠지

달변
— 月下情人*

저 트랙 한 번 돌면 25칼로리가 소모 된다구요
또 한 바퀴 돌면 우리 사랑 푸르게 자란다구요
원은 원으로 출렁이고 사랑은 사랑사랑
내 손목 잡아당겼지요
난생처음 잘 익은 이런 향기를 은애라 하기엔
목덜미가 유난히 간지러워
굵고 굵는 것이 어찌 사랑만 한 것이 있을까요
당신, 어디로 향하고 있나요
징검다리 수 놓인 트랙을 벗어나
그 여자의 치맛자락에 숨었나요
다정한 미소 뒤에 억지만 키우셨나요
비우고 덜어내야 한다던 때는 언제고
여러 남정네의 가슴에 파고들었다니
공원 벤치에 웅크린 신문지 사내들에게
조금씩 아주 조금씩 내 미소 덜어준 것밖에 없는데
월심심야삼경에 무슨 일이라니 얼토당토않은 말씀
증거를 갖고 오셨다구요
1793년 8월 21일이라
아, 그날 당신의 초롱이 어느 담 모퉁이를 비추자

구름도 민망한지 잠깐 나의 눈을 가려주더군요

* 신윤복의 그림

착각

애초 둥근 거였는지 모른다
둥글둥글 입안에서 굴리기 좋은 사탕이었는지 모른다
가까이 있어 모르는 것이 아니다
복잡해서 모르는 것이 아니다
머리는 머리를 모르고 손은 손을 모른다
나무는 숲을 모르고 숲은 나무를 모른다
아침엔 쥐를 주고 저녁엔 뱀을 던지는
낯익은 손과 선명한 머리도 모른다
내 안에 있어도 모른다
책장을 넘기듯 하루를 넘긴다
일 분을 넘긴다 세 시간을 넘긴다
a의 발이 b의 손이 c의 가슴이 나이고 너인지 모른다
모르는 것들 사이 광속으로
달린다 달리다 보면 달리는 것들
나무가 아니다 꽃이 아니다 바람이 아니다
보아뱀 전갈 사막여우는 이웃이 아니다
내가 나고 내가 이웃이다
멀리 있는 것들은 다 별이다
별의 별 별난 별이다

사무치도록 그리운 건 별이 아니다
삐걱거리는 건 회전의자가 아니다
점점 깊어지는 밤의 숨소리가 아니다
싱그러운 터치 따스한 네모의 심장
진화하고 있다

머엉이

프렌치블루타니종은 사냥을 좋아한다고 했다
천둥벌거숭이로 뛰어다니다가
이제 까치만 봐도 꼬리 내리는 머엉이

 우리 조상도 사냥을 했다고 한다 나는 한 번도 사냥을
해본 적 없어
 핏물 덜 빠진 가죽을 입고 비린내 컹컹거리던 긴 밤의
역사를 모른다

녀석에게서 보신탕 냄새가 나기 시작하자
남자는 개다리소반에 받은 막걸리로 입가를 훔치곤
미간에 내천이 움푹 파였다
녀석의 배설물을 치울 때마다
냄새 먼저 발기하는 혀가 문제였다

척척한 냄새의 늪, 녀석이 삽자루를 핥고
그의 발목을 물고 늘어졌다

그가 눌러 썼던 황사 모자를 벗자
정수리 환한 이팝구름 그늘로
머엉이, 주둥이 끌며 간다

화석미각

박물관에 진열된 공룡 알
빵 같다
달콤함과 고소함이 생략된 빵

그것은 한 접시의 허르헉* 도무지 살가운 맛이라고는
없는
저 돌덩이 같은 저녁의 무게
혀를 구부렸다 쩝쩝 별빛을 다셔보지만
좁혀지지 않는 이 간극

비곗덩어리 구름이라든지 좁쌀만 한 풀꽃 더미에서
번개처럼 스친 육식공룡의 혈흔을 찾거나
껍질을 깨지 못한 알의 운명이거나
침샘에서 흘러넘치는 곪은 태양이거나

내 맛은 너무 멀리 왔다

경건하게 앉은 냄새의 포박
커피 향을 끼얹어 놓고

해체되지 않은 살의 일을 곱씹어 본다
바람의 지문 선명한 한 덩이 슬픈 근육
동굴처럼 컴컴하다

* 몽골 전통 양고기 요리

봄날花분*

봄날엔 꽃이 그만이지요 이름을 들먹이면 삼동네가 다
아는 그런 꽃들이 노릇노릇 햇발을 내민 오후입니다 분
경盆耕을 가르친다는 현수막을 따라 봄날花분에서 멈추었
지요 대봉로 32번지 개나리 꽃집과 설뫼원 사이 반투명
의 비닐집 수많은 분들을 이열종대로 세워놓고 여자는
열심히 주무르고 있습니다 키가 작거나 입술이 두툼한
저 분들, 모두 머리 긴 여자의 손놀림에 포로가 되었지
요 전기 가마가 놓인 귀퉁이 표정없는 노파도 흙덩이를
주무르고 있습니다 내리 삼대로 집안 남자의 그것을 주
물렀던, 열아홉에 시집와 갓 스물에 만진 시아버지의
것, 남편, 아들의 풋잠으로 스친 분결같은 흙 말랑말랑
반죽한 흙을 냇물에 서답 헹구듯 거듭 훑어내리던 손,
어제는 노파의 건강검진일이라 문을 닫았다며 여자는
자신의 꽃가루 몸살을 감추려는 듯 전기가마 스위치를
컵니다 여덟 시간 후면 여자의 손에서 그 분들의 사연이
시커멓게 깨어나겠지요

* 분재원

희야네

　뒤란 우물 옆 조그마한 목조건물이 희야네 목욕탕이다 막내의 목까지 오는 목욕통 그것은 아주 크고 깊은 가마솥이다 목욕통에 물을 져다 부으면 바깥 아궁이에선 어느새 장작불이 타고 있다 김이 나는 통 속으로 들어가기란 쉽지 않다 큰언니 희야가 통 가장 자리에 올라서서 둥근 나무 발판을 딛으며 내려간다 물의 중력에 대항할 무게가 없으면 디딜 수 없는 발판 균형을 잃으면 발판은 뒤집히고 달궈진 무쇠솥에 데고 만다. 둘째가 내려보낸 막내를 큰언니가 받아 안으면 셋째 둘째가 차례로 들어간다 통속의 물이 참방참방 넘치는 안개 자욱한 목욕탕 어느 날은 느닷없이 이웃 아주머니가 술독을 들이밀었다 밀주 단속반도 침범할 수 없는 여탕이었기 때문이다 막내가 내려가는 발판을 스스로 딛기 전에 목욕탕은 사라졌다 그런 그녀가 세상의 아래로 발판을 딛고 있다 무게로만 딛는 것이 아니라는 것을 아는 듯하다 그때 큰언니의 발판 딛는 것을 눈여겨보았기 때문이리라 큰언니 희야는 손녀가 둘이라도 아직 희야고 막내는 쉰이라도 여전히 희야네의 막내다

저녁의 목

　'큰나무공원' 이름표가 붙자 전학 온 아이 곁으로 몰리듯 어슬렁거리는 게 해거름만이 아니다 아왜나무가 비닐팩을 차고 뒤뚱거리듯 그가 옆구리에 오줌 봉지를 차고 슬슬 나오듯 푸성귀가 밭뙈기를 기어가듯 자전거 바퀴가 봉림천 징검다리 건너듯 어슬렁거리는 게 작약만이 아니다

　물 봉지를 의지 삼아 땡볕을 견딘 나무와
　오줌 봉지 차고
　또 하루를 살아낸 그가
　한몸으로 어두워지고 있다

바람 웅덩이

오후 3시 나무그늘 놀이터

인근 공사장의 인부 몇 앉았다 일어서자

아왜나무와 꽝꽝나무가 시소를 탄다

나무 1호와 나무 2호는 벌써 늑목 중간쯤 걸터앉았다

벤치 옆 물 봉지 들고 있는 건 나무 3호다

나무 4호, 나무 5호, 나무 6호의 팔뚝을 보라

일평생 허공을 파내느라 돋은 저 힘줄

마른번개다 곧 푸른 천둥이 무성하리라

나무와 나무 서로를 건너갈 수 없어

잎새가 은하를 이룬 곳 부대끼면서도 상처 내지 않는

나무, 제 몸 가득 바람 웅덩이를 파고 있다

불면

그 말이 뱀처럼 스치자 어둠이 환하게 켜졌다

몸에도 길이 있어 이어졌다 끊기고 이내 또 이어지는

한 번쯤 거역하고 싶었던 길

바퀴에 튕긴 낭자한 선혈처럼 벗지 못한 허물 흐물흐물

수면 중 표지판을 세워놓아도 중심을 흔들며 내리꽂히
는 굴착기

몸의 길을 질러가고 있다

4 부

독거

기침을 한다
기침이 기침을 따라 한다

크게 작게
또는 자지러질 듯

기침이 집 안 구석구석
먼지처럼 굴러다니는

소리 가득 닫힌 집

적

생각을 벗는다는 것
아무나 할 수 있지만
아무나 하지 않아
오랜 메시지가 돼 버린 것들
그중 하나라도 해야 한다고
달려간 적 있다
머리를 맞댄 적 있다
이미 살덩이가 돼버린 생각을
뚝 떼어내야 하는데
가슴 한쪽을 도려내야 하는데
나를 죽이는 것쯤은 눈뜨고도 해야 하는데
그토록 무겁고 장중한 것을 쪼개야 하는데
나와 나 사이 번뜩이지 않는
칼이 문제라고
무거워 들 수 없고 가벼워 쥘 수 없는 칼
칼칼하게 갈면 파적이 되고
그냥 두면 산적이 되는
적

유등

바람결에도 마음을 내다걸고
돌아가는 사람의 골목

꺼지지 않는 저 별빛을
유등이라 하지 않으리

밝음은 밝음대로 어둠은 어둠대로
흘러야 하리

제 그림자 닦는 댓잎은 댓잎으로
흘러야 하리

한 획 점이 번져
천만의 물살과 칠만의 연꽃을 피운
저 강물에 흐르는 꽃향기를
유등이라 하지 않으리

눈을 업다

운동장이 눈을 업고 있다
얼굴 하얀 소녀들을 업었던 건물
기우뚱한 어깨로 눈송이가 미끄러진다
눈이 눈을 추슬러 업는다
나무도 제 등짝의 모양과 크기만큼
종일 내리는 눈을 업고 있다
쥐똥나무 조막만 한 이파리
제 몸피보다 두꺼운 눈을 업는다
눈이 나를 업는다
온 세상을 업는다
마음만큼 업어주고 업히는 거
우리 되는 거 한 몸 되는 거
참 간단하다
하얀 포대기에서 삐져나온 댓잎 간당간당
허공에 발자국 찍고 있다

지하상가

옆구리에 꽂힌 살은 좀처럼 빠지지 않습니다
비틀고 흔들어도 꿈쩍하지 않는 그것을
누구는 대나무살이라 하고 누군 머핀 살이라지만
기꺼이 함께 지내기로 했지요

지하상가 동생네 가게엔
옆구리 불룩한 사람들이 모여듭니다
애간장이 녹아내려 옆구리에 다 모였다나요
올라갈 수도 내려갈 수도 없는
계단 옆 낡은 책처럼 수북이 쌓여
삐져나온 곳, 서로 긁어주며
단골이 됐지요

인조 나무 한 그루 서 있는 좁은 광장
보따리를 풀면 이야기가 옷가지처럼 널브러집니다
웅크렸던 얼룩 애벌레 되어 기어 나옵니다
한 마리 두 마리
심장에서 부화한 날개 날아올라
아린 상처도 고운 무늬로 갈아입곤 했지요

누가 에돌아 가겠냐지만
그곳엔 애벌레들이 모여
놀자! 놀자!
옆구리 툭툭 치고 있습니다

고령에 들다

한차를 탄 사람들과 이야기 잔을 나눈다
물어깨 낮은 언덕을 돌아
은행나무 불 밝힌 마을
그 끝 어디쯤 고령일까
길도 무게를 감당하지 못해
바퀴 자국 주름주름 지친 개포나루
오래 발 젖고 싶은 구절초 물길
구절구절 고분 속에 잠들었나
고령이 지척이면
죽음도 숨이 찰까
한 번도 내가 길이 되지 못하고
달랑 가방 하나로
또 예까지 따라만 왔구나

부채박물관

새들도 제집 문을 닫을 즈음
부채박물관에 닿았다
나뭇잎도 그림자도 문밖에서 흔들리고
시간을 거슬러 오르는 통유리 속엔
합죽선이 절지동물처럼 누워있다
깃털 · 자수 · 구갑 · 한지
원선의 춘화까지 모두 박제돼
납작하게 눌린 바람의 얼룩만 후끈하다
장터 국밥집에도 어느새 차일을 쳤을 것인데
심봉사가 뺑덕어미 팔아 바람 사고 싶은
오뉴월인데
부채박물관에는 부칠 부채가 없어
태산목 홀로
산 그림자 끌어당긴다

맞다

콧구멍이 두 개라 숨 쉬고 산다고

내가 마신 담배 연기와 알코올

문을 닫아도 스며드는 막무가내

문득

잊고 있을 때마다 환기시키는

그 말 맞다

급습이 오히려 낫다

교묘한 침입, 그건 사귐이 아니지

그대는 고유한 자유라고 하지만

나는 자꾸만 숨통이 막히는 걸

저 신호등처럼 자꾸만 눈을 껌벅이게 되는걸

불버라 *

바람 속 공기 속에서도
불쑥 찾아오는 당신

나는 문어를 삶고 당신이 밤을 칠 때
그 칼날이 내 몸을 스치기도 했지요
펄떡거리는 바다를 솥 가득 안칠 때마다
파도가 나를 밀치고 달아났어요
그때 당신은 야문 손끝으로
백 년 전에 죽은 할아버지 술버릇도
문어 다리 오리듯 오렸지요

돌아올 생각은 마세요
바다가 훤히 내려다보이는 띠풀 푸르고 아늑한 집에서
오래오래 사세요

사십 년 전에 죽은 젊은 아버지와
십 년 전에 죽은 늙은 어머니가 도란도란 이야기 나눈다
백일홍 붉다 붉다
붉은 곳

* '부러워라'의 경상도 사투리

실망

얼마 전 잃어버린 희망을 찾았다
정확하게 말하면 후배가 내게 실망했다는 통첩을 보낸
것이다

회오리가 몸을 가로 질렀다
왕벚꽃이 휘청거렸다
봉림관과 사림관 사이 우툴두툴한 바람 때문이 아니었다

희망만 한 실망
나도 모르게 누군가의 옆구리를 치고 마는
희망

희망과 실망은
한날한시에 태어난 자웅동체다
각도에 따라 개화나 꽃송이 차이 날 뿐

내가 누군가의 희망이었다 생각하면
빗방울 벤치에 실망이 흩날린다
추적추적 꽃잎 거품 걷어내며

실망의 배경인 희망을 좀 더 멀찍이 두기로 한다

꽃가지 아래 누군가 버린 길 있어
자동차로 지운 길 있어
투신을 일삼는 저 난해한 꽃들의 한 살이

궁금증은 해마다 꽃을 피우고
바람의 모서리를 세우고
부드러운 햇빛에도 푸르게 세력을 확장할 것이다
실망을 꽃비처럼 맞으며
잠깐, 희망의 배경이 되어본다

무덤덤

저 무덤 사이 클로버 좀 보아요

목걸이 꽃팔찌 화관의 향기 무성할 때
당신은 무덤덤 토끼풀이라 했지요

찔레꽃 구름 아래로 가는 바람이거나
오래전 떠나버린 살내음이거나
이제 모든 것이 무덤덤하다고

가야의 하루가 천 년이라도
천 년이 가야의 하루라도
무덤덤
무너지지 않는다고

토끼풀 푸른 파도 아래
클로버 너울 아래
몇 밤을 들끓었을까요

일평생 밭고랑에 엎드린 당신

사랑한다는 말 한 번도 내뱉지 못한
속내 들켜버렸으니

보아요, 아라가야 하늘 고쟁이 사이
무덤덤
한 번 보아요

건너, 영화관

문서의 행간 건너
화요일 건너 지금
건너

킬힐 신은 어린 마네킹이 걸어가는
상점거리
대를 이어 한다는 빵집 건너
정오를 건너온 태양의 창가

오후 3시, 빵이 부푸는 사이
유리문 안에서는
목이 길어서 명랑한 꽃 깨어난다

꽃은 보고 싶은 거다
자신을 활짝 열어보고 싶은 거다

너의 팔짱을 끼면 먼 저녁도
이녁이 되는 어스름의 바람
좌판은 점점 늘어나고

후리지아 제라늄 베고니아
속눈썹 그늘

건너, 영화관에 간다

때

물때 맞춰 바다로 나가고
물때 알아 돌아올
그때

당신이 한 마리 고래였을 때
꼬리가 휘젓고 나간 몸의 갯바닥이 드러날 때

내가 그때를 느끼기 시작할 때

모든 여자들이 물기슭에서 벗는 물때
달무리 둥글게 너울거릴 때
물이 달 그늘에서 오래 머물 때
달이 물을 끌고 갈 때

물먹은 듯 조금조금 깊어질 때
조개가 제 안의 눈을 점점 키울 때
팍팍한 살이만 불어난 보름사리 때
나 아직 물이었다고 속삭일 때

이석증

머리가 흔들렸을 때 침대에 누워있었다

통째로 흔들리는 세상을 맞은 건

오른쪽으로 돌아눕다 생긴 일

나는 오른쪽을 좋아하지 않는다

몇 년 전엔 오른쪽 발목 아킬레스건이 나갔다

그가 퇴출당한 것도 오너의 오른팔이 되지 못했기 때문이다

가끔은 내게도 오른팔이 필요했나 보다

무심결에 돌아눕는 오른쪽

오래도록 공간이 흔들렸다

처방전에 기록되지 않은 흔들림이 실감 나지 않아

쓰레기통 옆 치자꽃을 바라보았다

훗날

꽃 핀 이 나무는
오래전에도 나무였다

오라고 손짓하지 않아도
그의 품에 파고드는 것은
우리가 몸을 가졌기 때문이다

나는 서서히 늙어가고

내가 없는 먼 훗날에도
나무는
꽃의 몸이다

식물성의 미학

이 병 헌(문학평론가)

　김명희의 시 세계는 한 자리에 서 있는 나무처럼 언제
나 그대로인 듯하지만, 내면을 들여다보면 시간이 갈수
록 충실해지고 있음을 알 수 있다. 그의 이번 시집『꽃의
타지마할』은 많은 작품이 물과 나무를 소재로 삼고 있으
며 종교적 영성의 세계, 정겨운 고향에의 추억, 삶의 본
질에 대한 문제 등을 다루고 있다. 꽃과 꽃잎, 그리고 불
꽃으로 이어지는 폭발적 이미지를 지닌 작품 또한 지난
시기의 작품에 이어 다수 나타나고 있는데 이번 시집에
이르러 그 깊이와 너비를 훨씬 더하고 있다. 때때로 그의
작품은 개인적 감성의 표출을 넘어 사회적, 역사적 문제
에 대한 관심을 드러내기도 한다. 그러나 무엇보다도 이
번 시집에서 주목되는 것은 식물성의 이미지가 다양한
작품들의 내면을 든든하게 받쳐주고 있다는 점이다.

　　해발 800고지 캄캄함 너머 더 멀리
　　그들의 불꽃 같은 삶이 피었다

잠에서도 내려가는 막장
탄가루를 날리며 달리는 레일을 배경으로
검은 웃음 검은 땀 거뭇거뭇 닦으며
목욕탕 고깃간 선술집을 돌아
사내는 두툼한 입술의 여자와 꿈을 꾸었다
불보다 뜨거운 꿈
산과 산 가랑이를 휘적실 때
창가엔 검은 달빛이 출렁거렸다
싸늘한 블랙홀, 다시 불씨가 꿈틀거린다
하얗거나 보라 분홍 빨강
더러는 절명한 꽃잎 앞에서 바람의 이름을 쓰고
개와 고양이를 안은 순례자와 여행객은
꽃의 일이라고 쓴다
삶은 늘 타지 말아야 할 기차를 타는 것
막장 같은 어둠의 끝으로 달려가는 것
꽃의 발바닥 꽃의 심장이 쿵쾅거리는
저 거대한 황홀
폐광에 꽃이 피었다

　　　　　　　　　　　　　　　－「꽃의 타지마할」 전문

11월의 석양에 나부끼는 사기마을 글자가
흘림체의 골목으로 앞장섰다
흙과 댓잎의 서걱거림이 반죽되어 어둑어둑 물레가 돌아
가는
하동요, 방고래의 힘이 좋아 뜨끈뜨끈한 아랫목은
진제포 갯벌처럼 화기를 물고 놓지 않았다

고구마와 조개를 구울까

날 것들은 모두 별빛으로 박히고

묵은 장독 위에 은행잎이 먼저 자리 깔았다

타닥타닥 소살소살 숯의 소리 분청 밥상까지 따라왔다

바람과 흙과 불이 서로 엉겨 붙어

이토록 낮 뜨거운, 이토록 처절한 육탈에

연밭으로 뛰어든 어둠의 혼령들 쩍쩍 갈라진 뒤꿈치에

꽂힌 시간의 살

첫서리가 숨죽인 채 내려앉았다

이제 치마 말을 풀어라, 일천삼백 고지다

아귀도 홀려 제 몸 태우고야 마는 불 무덤

50년 잠을 털어낸 여양리 골짝도 불 무덤

숯이 된 뼈의 신음이 예까지 따라와

뼈 묻지 않은 땅 없지만, 그 흙 태울 무덤은 없어라

이녁의 움츠린 어깨에 기대어 사백 년 사기沙器잠 속에

빠져들리라

─「새미골에서 일박」 전문

「꽃의 타지마할」과 「새미골에서 일박」은 과거에 엄청나
게 성황을 이루었었지만, 지금은 폐쇄되었거나 자취도
찾아보기 어려운 탄광이나 도요지를 회고하는 작품이
다. 「꽃의 타지마할」에서 화자는 수십 년 전에 탄광 막장
에서 일하던 광부들의 모습을 떠올린다. 그는 광부들이
목욕탕과 고깃간, 선술집 그리고 여자를 전전하며 고된
현실을 견디고 삶의 희망을 이어가던 모습을 '불보다 뜨

거운 꿈' 혹은 '불꽃'으로 묘사한다. 이 '꿈'은 깊은 산간의 골짜기를 휘적시고 달빛조차 검게 출렁인다고 하는 묘사를 통해 육체성을 획득한다. 그러나 탄광촌의 '꿈'과 '불꽃'은 폐광이라는 싸늘한 시대의 블랙홀 속으로 흡수되고 말았다. 이렇게 꺼져버린 불씨를 되살린 것은 무엇인가. 그것은 탄광 부근에 피어난 '하얗거나 보라 분홍 빨강'의 '꽃'이다. 꽃의 '발바닥'과 '심장'이 쿵쾅거린다고 말하지만 바람에 날려 떨어지는 꽃잎들을 보며 발바닥이 뜨거워지고 심장이 쿵쾅거리는 황홀경을 경험하는 것은 실제로 화자 자신이다. 그런데 이러한 황홀경은 "늘 타지 말아야 할 기차를 타는" 삶, 그리하여 "막장 같은 어둠의 끝으로 달려가는" 가운데 얻어진 것이었다. 아름다운 꽃의 무덤을 말하는 '꽃의 타지마할'이라는 비유는 이러한 삶의 아이러니를 잘 표현하고 있다. 인생에 대한 깊이 있는 통찰을 통해 얻은 기발한 경구와 비유가 결합함으로써 이 작품은 미학적으로 높은 수준에 도달했다.

「새미골에서 일박」은 수많은 도공들이 일본으로 끌려간 임진왜란 이전에 도자기와 차의 고장이었던 '하동 새미골'과 도자기 수출항이던 '진제포', 그리고 한국전쟁 후 50년이 지나서야 수많은 민간인 희생자의 사체가 발굴된 '여양리'의 사건들을 소재로 하여 시대의 비극과 상처를 어루만지는 모습을 보여준다. 화자는 첫서리가 내려앉는 11월의 어느 밤 하동의 새미골, 구들장이 있는 전통 가옥에서 하루를 보내며 사백 년의 시대를 거슬러 오른다. 분청 밥상을 받아 놓은 그에게 도자기를 굽는 과정이 떠오른다. 숯이 타는 소리가 '타닥타닥 소살소살' 실감 나게 들리면서 '바람과 흙과 불'이 엉겨 붙는 광경이 눈에 선하게 들어온다. 일천삼백 도까지 올라가는 사기 가마 공정의 절정을 연상하는 순간 이 모든 것에 성적인 이미지가 덧씌워진다. '낯 뜨거운', '처절한 육탈', 그리고 첫서리가 내린 이 밤에 '치마 말'을 풀라든가 아귀도 홀려 제 몸을 태우고야 만다는 말들이 그것이다. 그러나 이 순간 보도연맹의 피해자들이라 하는 여양리 민간인의 참혹한 죽음이 오버랩되면서 커다란 반전이 이루어진다. 시간적으로는 몇백 년, 같은 경남이라도 지리적으로 꽤나 떨어진 곳에서 일어난 사건들이지만 불에 탄다는 이미지가 이들을 결합한 것이다. 상황의 유사함으로 인해 불 무덤을 떠올렸지만 지금 여양리에 불 무덤 혹은 사기 가마는 존재하지 않는다. 이런 비정한 역사를 떠올리며 극심한 감정의 굴곡을 겪은 화자는 이제 이념—상상 속의 그대에게 피곤한 심신을 기대어 오랜 잠속으로 빠져들고 싶다.

다음은 위의 작품들과는 대조적으로 물의 이미지를 지닌 작품들이다. 김명희 시인이 물을 대하는 태도를 살펴보기로 한다.

어디 있나 가파도
땅끝에서 묻고 또 물어도
가파도는 멀다
갚아도 다 못 갚는 태양의 염전 지나
저 바다에 심장을 올려놓고
납작 엎드린
넙치 가오리 가자미 도다리
오늘은 지하도 모퉁이에 엎드렸다
눈 가리면 다 가린 거다
신문지로 가린 가파도
찢어진 라면 박스 뱃가죽에 싣고
콘크리트 심해를 건너고 있다
물의 마을 물의 집은 점점 깊어지고
수평선에 누운 가파도
갚아도 다 못 갚는
바닷물처럼 바람이 바닥을 친다

         – 「가파도–관계2」 전문

물때 맞춰 바다로 나가고
물때 알아 돌아올 때
그때

당신이 한 마리 고래였을 때
꼬리가 휘젓고 나간 몸의 갯바닥이 드러날 때

내가 그때를 느끼기 시작할 때

모든 여자들이 물기슭에서 벗는 물 때
달무리 둥글게 너울거리 때
물이 달 그늘에서 오래 머물 때
달이 물을 끌고 갈 때

물먹은 듯 조금조금 깊어질 때
조개가 제 안의 눈을 점점 키울 때
팍팍한 살이만 불어난 보름사리 때
나 아직 물이었다고 속삭일 때

―「때」전문

「가파도」는 언어유희를 즐기면서 현 세태를 풍자하고
있는 작품이다. '태양'에도 '바닷물'에도 그 혜택을 우리
는 평생을 "갚아도 다 못 갚는"다. 제주도 남쪽 끝까지
가서 묻고 또 물어 배를 타고 가야 할 정도로 가파도는
육지에서 멀다. 가파도는 높은 산이 없어 납작 엎드린
'넙치 가오리 가자미 도다리' 같은 생선을 닮은 섬이다.
이 가파도가 오늘은 지하도 모퉁이에 엎드려 있다니 어
찌 된 일인가. 찢어진 라면 박스를 배에 깔고 신문지로
얼굴을 가리고 지하도 구석에 엎드려 있는 것은 아마도
도시의 노숙자들일 것이다. 넙치 같은 생선들을 연상케
하는 그들의 모습을 보고 화자는 '콘크리트 심해를 건너
고 있다'고 표현하였다. 그런데 그 심해에서 '물의 마을

물의 집'은 점점 깊어지고 있고 노숙자들이 심해를 건너 새 희망의 육지에 도달할 방도는 없다. 갚아도 갚아도 끝이 없어 빚을 진 채 거리로 내몰렸을 그들에게는 더는 갚을 능력도 의욕도 없을 것이기 때문이다. '수평선에 누운 가파도'처럼 그냥 그대로 있을 수밖에 없다. 그들은 '갚아도 다 못 갚는 바닷물'같은 '바람'을 맞으며 지하도에 섬이 되어 머무를 수밖에 없다.

「때」에 등장하는 화자는 '사리,' '조금'과 같은 바다의 '물때'를 통해 세상의 이치를 깨닫기 시작한다. 그것은 한 마리 고래에 비유될 정도로 생동감이 넘치는 커다란 '당신'의 자취를 느끼게 되면서부터이다. 꼬리를 휘젓고 나간 자취를 느끼는 것은 화자의 정신보다는 몸이다. 그는 이 '몸의 갯바닥'이 드러나는 것을 스스로 인식하면서 '물때'를 새롭게 인식한다. '물때'는 "모든 여자들이 물기슭에서 벗는" 때라고 하면서, 달무리 혹은 물과 달과의 관계에 대하여 함께 말하고 있는 것은 '물때'가 시원의 생명력을 바탕으로 하는 성적 이미지를 지니고 있기 때문이다. "물먹은 듯 조금조금 깊어"지는 것은 화자 자신이며 조개가 제 안의 눈을 점점 키운다는 것도 그 자신의 이야기로 들린다. 이런 이야기를 하는 중에도 '팍팍한 살이'가 떠오르는 것은 화자가 느끼는 현실적 삶이 녹록지 않은 것임을 말해준다. 이 시의 끝 부분에서 '당신'에게 그 자신 아직 물이었다고 속삭이는 것은 당신을 느끼기 전에는 아무것도 모르는 순수하고 여린 원형질과 같은 상태였다고 말하고 있는 것이다.

　물에 대한 작품들이 이처럼 커다란 편차를 보이고 있지만 생명을 다루고 있다는 공통점을 지니고 있다. 나무를 시적 대상으로 삼은 작품들 또한 다양한 시각을 보여주고 있다.

　　　산림욕장이란 화살표를 따라간다
　　　층층이 모서리를 지우며
　　　대통에라도 들어갈 것 같은 내림 길도 잠깐
　　　다시 올라서는 발걸음 먼저 어둑사리 든다
　　　또 한 마디가 생기겠구나
　　　삶이 송두리째 꼬일 때 서늘한 불길 아래서도
　　　잎은 일렁이며 빽빽하게 담장을 얹었다
　　　마음을 수평에 놓으면
　　　칸칸이 창살인 또 다른 우주
　　　거뭇거뭇한 바람에 갇혀있어
　　　발치의 죽순을 꺾듯
　　　이렇게 꺾을 수 있는 마음이면 얼마나 좋으랴
　　　바위를 뚫고 선걸음에 하늘을 찌를 듯
　　　우거진 초록의 권태 곰곰 씹어본다
　　　　　　　　　　　　　　　　　　－「산림욕」 전문

　산림욕장의 길을 따라 오르내리던 화자에게 이제 삶의 또 하나의 마디가 생기겠다는 생각이 떠오른다. 그것은 삶이 송두리째 꼬이고 있는 지금의 사정 때문이다. 산책

하던 발걸음이 어둑어둑해지는 느낌이 드는 것은 힘이
빠진 탓도 있겠지만 저간의 형편으로 인해 삶의 한 매듭
이 지어지고 있다는 생각 때문이다. 마치 현실의 복잡한
갈등처럼 눈앞에 빽빽하게 담장을 이룬 나뭇잎이 일렁
이고 있는 것을 보면서 그는 "마음을 수평에" 놓고자 한
다. 이 순간 화자에게 대숲의 형상을 한 그의 마음은 '서
늘한 불길'이 된다. 그러나 이렇게 가라앉은 화자의 정신
은 거뭇거뭇한 바람에 갇혀 있고 칸칸이 창살인 '또 다른
우주'로 향한다. 현실을 떠나도 화자가 이렇게 마음의 감
옥을 벗어나지 못하고 "발치의 죽순을 꺾듯" 마음을 꺾
고 싶어 하는 것은 무슨 까닭인가. 그것은 어떤 근원적
인 결핍과 그로 인한 불안감의 소산이 아닐까 한다. 이
제 그는 한 걸음 더 물러나 "바위를 뚫고" 내친김에 하늘
을 찌를 듯 솟아있는 나무들을 쳐다보며 생각에 잠긴다.
거침없이 뻗어있는 나무들을 보며 제자리에 붙박여 있
는 식물성 존재의 권태를 떠올리는 것이다.

'서늘한 불길'과 같은 역설적 이미지는 김명희 시인이
즐겨 사용하는 것으로 그의 식물성의 취향이 드러나는
표현 방식이다. 아래의 몇 가지 예문들에서 우리는 묘사
에 대한 그의 태도를 확인할 수 있다.

    가) 낄낄대다 그렁대는 눈길마다
        서늘한 박수로 문전성시를 이루었다
                                    – 「꽃잎박수」에서

나) 봄날 꽃잎으로 엔화는 무시로 무너져 내리나
    바닥이 저 바다만큼 차갑게 끓어
    내 마음의 유배지가 된 방에서
                            － 「작은 방－관계 3」에서

다) 일평생 허공을 파내느라 돋은 저 힘줄
    마른번개다 곧 푸른 천둥이 무성하리라
                            － 「바람 웅덩이」에서

　가)에서 시인은 수련이 오므라들었다 펴졌다 하는 모
습을 보고 생전의 어머니가 손목 골절 후 물속에서 주먹
을 쥐락펴락했던 일을 상기하며 '소리 없는 박수', '꽃잎
박수'라는 특이한 이미지를 만들어냈다. 그는 여기에 '낄
낄대다 그렁대는' 모순적 상황을 덧씌워 '서늘한 박수'라
고 표현한다. 나)는 멀리 '동경'에 가서 일하는 '아이'의
비어있는 '차가운' 방과 아이를 생각하는 '끓는' 마음을
결합하여 '차갑게 끓는다'는 모순 형용을 이끌어 내고 있
다. 그리움을 참고 견디며 아들의 방을 지키고 있는 어
머니의 형상이 마치 나무를 연상케 한다. 다)에서 시인
은 나무들을 묘사하면서 번개와 천둥을 동원하였다. 나
무의 내적 에너지를 '마른번개'로, 왕성한 생장력을 '푸른
천둥'으로 표현한 듯하다.

백 년 후에 태어날 건축물이라 했네
초석을 다지는 데만 십수 년째
나뭇잎 갈라진 실핏줄 타고
나무들의 골고다에 얼굴을 파묻고 사는 사람들
스물이 되도록 평평한 여자가 있었네
두근두근 가슴을 주춧돌로 박아
율리시스 헤라클레스도 어쩔 수 없는 말씀의 기둥을 세
웠네
달빛 수평선 켜켜이 쌓아
늙은 내가 당도할 수 없는 집
바람이 길을 트고 새소리 정情을 틀었네
여자는 남자의 신전을 위해 천 년의 허공을 다지고 있었네
나는 까마중처럼 그렁그렁 눈물을 매달았네
구름 한 장 자갈돌 하나로 태양을 갈고 있는 그 사이
초록 길이 흙 내음 피우며 따라왔네
시스티나성당에 들어 베드로의 발등을 만진 게
마지막이라 했네 이제 말씀도 집에 들어야 할 때라고
아직 맨발인 나무로 있네
푸른 물소리
아무도 본 적 없는 나무의 맨발을 감싸고 있네
　　　　　　　　　　　　　　　－「나무의 맨발」 전문

　이 작품을 읽으며 우리는 성전을 건축하는 상황을 신
비로운 상상력을 발휘하여 성스러운 일로 거듭나게 한
시인의 능력에 경탄하지 않을 수 없다. 백 년 후를 기약

하며 초석을 다져가고 있는 성전을 세우는 일에는 많은 이들의 고행과 헌신, 기도와 축원이 따를 것이다. "나무들의 골고다에 얼굴을 파묻고 사는 사람들"이란 바로 이렇게 고난의 길을 걸으며 헌신을 하는 이들을 가리킨다. 그 가운데 '말씀의 기둥'을 세우고 '천 년의 허공'을 다지는 가상의 여인이 등장한다. 가슴을 주춧돌로 박기 위해 "스물이 되도록 평평한 여자"가 바로 그녀이다. 그녀가 세우는 말씀의 기둥은 그리스 신화의 영웅들도 어찌할 수 없는 강력한 기둥이다. 그녀는 시스티나성당에 들어 베드로의 발등을 만지는 축원의 행위까지 했다. 말씀도 집에 들어야 할 때라는 말이 성전 건축의 당위성을 재삼 강조한다.

이러한 이야기 사이사이에 화자의 육성이 들리는데 그것은 "늙은 내가 당도할 수 없는 집"이라든가 "까마중처럼 그렁그렁 눈물을 매달았네"와 같은 말이다. 완성된 건축물을 볼 수 없다는 서러운 감정이 밖으로 표출된 것이리라. 진정 놀라운 것은 이 건축물이 '아무도 본 적이 없는 맨발'이라는 신성한 이미지에 '나무'라는 식물성의 옷을 입혔다는 점이다. 제자리에서 푸른 미래를 기약하며 장구한 시일의 숙성을 감내하는 '나무'의 이미지로 작품을 마무리 짓고 있다. 오래 기억될 작품이다.

김명희 시인의 이번 시집에는 위의 작품처럼 식물적인 이미지로 마무리되는 작품들이 상당수 있다.

실망을 꽃비처럼 맞으며
잠깐, 희망의 배경이 되어본다
－「실망」 부분

쥐똥나무 조막만 한 이파리
제 몸피보다 두꺼운 눈을 업는다
눈이 나를 업는다
온 세상을 업는다
마음만큼 업어주고 업히는 거
우리 되는 거 한 몸 되는 거
참 간단하다
하얀 포대기에서 삐져나온 댓잎 간당간당
허공에 발자국 찍고 있다
－「눈을 업다」 부분

그대는 자유라고 하지만
나는 자꾸 숨통이 막히는 걸
저 신호등처럼 자꾸만 눈을 껌벅이게 되는 걸
－「맞다」 부분

눈동자 으깨진 버찌의 시간이 지나갔다
한 생이 하얗게 지나갔다
단 한 줄도 받아 적을 수 없는 몸의 언어를 따라
먼지 냄새 가득한 이 불의 시간, 이불처럼 덮고
깜박 졸고 있으면
아무 일 없는 듯 지나가리라 그렇게

잊히리라

- 「1시간 30분」 부분

「실망」에서는 '희망과 실망은 자웅동체'라든가 '실망의 배경은 희망'이라고 하기도 하고, 위에서와같이 '희망의 배경이 실망'이라고도 한다. 이 시의 화자는 후배가 그에게 실망했다는 통첩을 보냄으로써 오히려 잃어버린 희망을 되찾게 되었다 한다. 아름다운 꽃이 빗속에 떨어져 실망의 '꽃잎 거품'이 되는 모습은 이러한 인식과 잘 어울린다. 「눈을 업다」에서도 이처럼 눈과 세상 혹은 눈과 세상의 모든 사물이 서로 업고 업힌다는 역설적 인식이, 너와 내가 마음을 열고 서로 업어주고 업혀 한몸이 된다는 간단하면서도 어려운 깨달음으로 나아간다. 바로 그 순간 화자는 눈 속에서 삐져나온 댓잎이 '간당간당' 흔들리고 있는 생명력 가득한 모습을 보여줌으로써 그것이 생명의 원리임을 강조하고 있다. 여기서 '댓잎'은 식물성이라기보다는 오히려 동물적 생동성을 보여주고 있다.

「맞다」와 「1시간 30분」에는 식물이 거의 등장하지 않지만 식물성인 화자의 모습이 느껴진다. 「맞다」에서는 화자가 문을 닫아도 스며드는 담배 연기와 알코올 냄새 때문에 고초를 겪는 모습을 꺼졌다 켜졌다 하는 신호등에 빗대고 있다. 제자리에 못 박힌 채 꼼짝 못 하고 당할 수밖에 없는 식물성의 화자의 모습이 그려진다. 「1시간 30분」은 화장장에서 고인을 기다리는 1시간 30분이라는 짧

고도 긴 시간을 견디고 있는 화자의 심정을 그리고 있다. '불의 시간'을 깜박 졸고 있으면 '아무 일 없는 듯' 지나가고 또 잊히리라고 말하고 있지만, 그는 '보지 않고 듣지 않으려는' 그 시간을 휘몰아치는 온갖 상념과 함께 지키고 있는 것이다. '으깨진 버찌'가 되어버린 '눈동자'는 그의 처절한 식물적 전투의 잔해이기도 하다.

김명희 시인의 이번 시집에서 필자는 불과 물 그리고 나무의 이미지로 다채롭게 꾸며놓은 시인의 내면세계를 따라가는 동안 깊이 있는 사색의 자취를 대하는 기쁨을 맛볼 수 있었다. 그는 내면에 불의 이미지를 지닌 탄광과 도요지를 다룬 작품을 비롯해 쓸쓸한 바다와 생의 원형질로서의 바다를 그린 작품, 그리고 근원적 불안감과 종교적 서원의 세계를 나무의 이미지와 결합한 주목할 만한 작품들을 이 시집에 실었다. 「희야네」, 「봄날화花분」, 「고령에 들다」 등의 작품은 아름다운 고향의 추억과 향토 마을의 정경을 담고 있다. 이 밖에도 이 시집에는 "앞만 보고 간 길이/어느새 옆길이 된 노을 길"(「옆길」), "우리에게 다음은 있어도 영원은 없을 테니까요"(「다음」), "너와 나의 한 지붕 살이가 가깝고도 멀다는 걸/버섯과 독버섯만큼 멀다는 걸"(「소꿉」)과 같은 빛나는 경구들이 담겨 있다. 또한 "그 말이 뱀처럼 스치자 어둠이 환하게 켜졌다"(「불면」)고 불면의 밤이 시작되는 순간을 묘사하여 우리의 뇌리까지도 환하게 밝혀주기도 한다. 이런 불면의 밤을 보내고 있지만, 시인은 결코 돌아다니며 자신을 알아달라고 소리치지 않는다. 나무처럼 제자리에서 조금씩 품을 확대해 그 안에 온갖 탐스러운 시의 열매가 맺히도록 할 뿐이다. 꽃이나 풀, 나무가 그의 시의 소재로 종종 등장하지만 그렇지 않은 작품들에서도 우리는 식물성의 화자 모습을 종종 보게 된다. 김명희 시인의 시 세계의 특성을 '식물성의 미학'이라 명명한 것은 이 때문이다.